피아노병창 창시자 최준

?

남산국악당 공연

?

피아노병창

피아노병창 협연

?

꿈의 숲 공연

TV 출연

?

공연 포스터

최준 발매 음반

?

?

누구 시리즈 **13**

피아노병창 창시자 최준 ─ **누구 시리즈 13**
최준 지음

초판1쇄 발행 2017년 12월 19일

지은이 최준
펴낸이 방귀희
펴낸곳 도서출판 솟대
등 록 1991년 4월 29일
주 소 서울시 금천구 서부샛길 606, 대성지식산업센터 b동 2506-2호
전 화 02)861-8848
팩 스 02)861-8849
홈주소 www.emiji.net
이메일 klah1990@daum.net

제작·판매 연인M&B 02)455-3987

값 10,000원

ISBN 978-89-85863-72-8 03810

주최 사│한국장애예술인협회

후원 🏛 문화체육관광부 🅡 한국장애인문화예술원
Korea Disability Arts & Culture Center

국립중앙도서관 출판시도서목록(CIP)

이 도서의 국립중앙도서관 출판예정도서목록(CIP)은 서지정보유통지원시스템 홈페이지
(http://seoji.nl.go.kr)와 국가자료공동목록시스템(http://www.nl.go.kr/kolisnet)에서
이용하실 수 있습니다.

CIP제어번호 : CIP2017031049

13
누구 시리즈

피아노병창 창시자 최준

최준 지음

소리를 위해, 소리에 의해 빛나는 청년

도서출판
솟대

27살, 답답하다. 하지만 최선을

어느덧 준이가 27살이 되었습니다. 준이가 나이를 먹을수록 가슴이 답답해집니다. 장애가 없었더라면 직장생활을 하며 결혼을 생각해야 하는 나이인데 준이는 지금도 천진난만한 청년입니다.

초등학교 6학년 때 국립국악원 우면당에서 700여 명의 관객 앞에서 흥보가를 완창할 때는 천재 판소리 소년이라는 칭찬을 받았습니다. 발달장애 2급의 장애로 판소리를 한다는 것이 신기했기에 받은 찬사였습니다.

중학교에 들어가서 전국청소년국악경연대회 판소리 부문에서 우수상을 받았을 때 엄마는 아무것도 할 수 없을 줄 알았던 아들이 뭔가를 해냈다는 성취감으로 가슴이 벅찼습니다. 초등학교부터 고등학교까지 그리고 대학교 도전은 내가 아들의 부족한 부분을 메워 주며 어렵지만 헤쳐 갈 수 있었습니다.

지금까지는 노력하면 노력한만큼 결과가 나왔지만 준이가 경제적으로 자립하고 부모가 없어도 살아갈 수 있는 세상을 만드는 것은 엄마의 노력으로 해결이 되지 않습니다. 준이는 비장애인처럼 취업도 할 수 없지만 발달장애인 친구들이 일하는 직업시설에서 근무할 수도 없답니다. 직업교육을 시켜 본 적이 없기 때문입니다.

준이가 좋아하고, 준이가 잘할 수 있는 일은 오로지 판소리인데 예술 활동이 경제 생활에 전혀 도움이 되지 않기 때문에 자립은 요원하기만 합니다.

　27살 아들의 미래를 생각하면 마음이 더 무겁지만 저의 답답한 마음을 누르며 준이가 좋아하는 피아노병창 공연에 최선을 다 하고 있습니다. 하지만 무대 위에 선 아들을 보면 왠지 눈물이 납니다. 준이가 너무 행복해하기 때문입니다.

　아들이 행복해질 수 있는 무대가 많아졌으면 합니다. 준이는 오늘을 위해 훌륭하신 선생님들께 판소리, 클래식 피아노, 재즈 피아노 그리고 클래식 기타까지 배웠고, 겨울에도 온몸이 땀에 흠뻑 젖을 정도로 연습을 하였습니다.

　음악에 빠져 혼신을 다하는 아들을 지켜보며 우리 준이야말로 진정한 예술인이란 생각이 들었습니다.

　엄마와 같은 마음으로 우리 준이를 지켜봐 주십시오.

2017년 겨울
소리꾼 최준 엄마

차례

피아노병창

...

"엄마, 엄마! 준이 피아노병창해요."
"그래 알았어."

최준의 모든 활동을 함께하는 그의 그림자인 엄마는 건성으로 대답했다. 준이가 초등학교 1학년부터 피아노와 놀았기 때문에 그냥 하는 소리려니 했다. 그런데 준이가 피아노를 연주하며 홍보가를 하는 것이었다. 마침 판소리 레슨 선생님이 오는 날이어서 준이가 말한 피아노병창을 선생님과 함께 들었다.

연주가 끝났을 때 엄마와 선생님은 동시에 서로 얼굴을 쳐다보며 준이 피아노병창이 예사롭지 않다는 표정을 지었다.

"준아, 너무 좋다. 아주 멋져." 선생님이 칭찬하셨다.
"준아, 어떻게 피아노병창을 생각했어?" 엄마가 물었다.

"가야금+판소리는 가야금병창, 피아노+판소리는 피아노병창이에요."

준이는 나름대로 아주 정확한 설명을 해 주었다. 준이는 가끔 이렇게 새로운 발상으로 주위 사람들을 놀라게 한다.

"좋았어, 최준은 피아노병창의 창시자야!"

판소리 선생님이 인정을 해 주시자 준이는 두 팔 벌려 만세를 외치듯 "창시자, 창시자……."를 계속 반복하였다.

판소리를 할 때는 북을 쳐 주는 고수가 필요하다. 공연 부탁이 들어 왔을 때 고수 선생님 스케줄을 먼저 물어봐야 하고, 장애인 공연은 출연 료가 적어서 고수 비용을 드리고 나면 교통비도 남지 않을 때가 많아 서 준이 엄마는 고수 문제로 걱정이 많았다. 엄마의 걱정에 무관심해 보이던 준이가 고수 문제를 해결하기 위해 피아노병창을 창조한 것이다.

그런데 더욱 놀라운 것은 창 반주인 피아노 곡을 최준이 작곡했다는 사실이다. 준이는 처음 피아노를 배울 때 악보를 볼 줄 몰랐다. 한 소 절 들려주면 그것을 따라하는 방식으로 동요 한 곡의 연주를 완성하 는 정도의 실력이었는데 2010년부터는 사물에 대한 느낌을 일기를 쓰 듯 음악으로 표현하였다. 연주를 하고 그것을 오선지에 그려넣었다. 바로 작곡이었다.

준이가 작곡을 하면서 음악에 대한 깊이가 생기고 자신감이 생겼다.

"엄마, 오늘 삼겹살 맛있었어요. 준이가 작곡해요."
"또 했어? 잘 했어. 오늘 삼겹살은 어떤 맛인지 들어 볼까?"

준이가 작곡한 피아노 연주를 듣고 있으면 엄마도 그 상황이 그대로 상상이 될 정도로 교감이 되었다. 이 교감이 엄마를 넘어 다른 사람들과도 가능하게 된다면 준이의 피아노병창은 세상을 소통하게 만들 것이다.

장애 진단

...

준이는 1990년 태어났다. 맞벌이부부여서 첫아이 준이는 시부모님이 키워 주셨다. 첫 손주여서 시부모님은 아기에 대한 사랑이 대단하셨다. 일하느라 바쁜 아들 며느리를 위해서 할머니 할아버지가 육아를 담당하였다.

준이 아빠는 광고회사인 오리콤에 근무를 했는데 광고회사들이 다그렇듯 퇴근이 무척 늦었다. 엄마가 근무하는 제일모직도 아빠 못지않게 일이 많았지만 퇴근을 하면 아이가 엄마를 기다릴 것 같아서 부지런히 집으로 달려갔다.

그런데 아이는 엄마를 쳐다보지도 않았다. 아기가 잘 보채지도 않고 크게 울지도 않았다. 또 활짝 웃지도 않았다. 아기가 어디 아픈가 싶어서 열을 재 보곤 했지만 정상이었다.

"아이구 점잖기도 하셔라. 엄마 일 잘 하라고 봐주는 거야? 우리 아들 최고."

엄마는 이렇게 칭찬을 해 주었지만 아이가 너무 반응을 하지 않자 뜨문뜨문 서운한 생각도 들었고 문득문득 이상하단 생각도 들었다. 보통 아기들이 하는 옹알이도 하지 않았고 뒤집기나 앉기, 손잡고 일어서기 등 모든 발육 과정이 늦었다.

"어머니, 준이 좀 이상하지 않아요?"
"남자애들은 좀 늦어. 순해서 그래. 누구를 닮았누."

늦되는 아이가 있다는 말에 걱정을 접고 다시 바쁜 일상에 빠져들어 갔다. 보통 아기와 다른 점들이 불안해서 동네에 있는 소아과에 갔더니 30개월이 돼야 진단을 할 수 있다고 해서 그냥 돌아왔다. 당장 진단을 내려주지 않자 불안한 마음이 조금은 가라앉았고 아무 일 없을 것이란 기대감으로 시간을 보냈다.

그 사이에 둘째 아기를 임신하게 되었다. 엄마는 둘째가 태어나기 전에 첫째 준이 문제를 해결하고 싶어서 큰 병원을 찾았다.

"자폐증입니다."
"자폐증이 뭐예요?"
"지적장애죠."

이 진단을 받기까지 젊은 엄마는 자기 아이에게 장애라는 멍에가 씌워질 줄 꿈에도 생각하지 못하였다. 엄마의 무지로 아기를 30개월 동안 방치시켰다는 죄책감에 엄마는 미친 듯이 치료에 매달렸다. 언어치료, 운동치료, 놀이치료 등 온갖 치료가 시작되었다. 아이 지능 발달에 도움이 되는 치료는 모두 해 봤다. 심지어 이름이 나빠서 장애가 생긴 것 같아 개명을 하려고 했지만 그 당시는 개명 사유가 뚜렷하지 않으면 개명이 되지 않아 이름은 바꿔 주지 못하였다.

유치원도 특수교육기관과 일반 유치원 두 군데를 다녔다. 특수교육도 필요하고 일반교육도 필요했기 때문이다. 엄마는 직장을 다녀야 해서 준이 친할아버지가 손주를 데리고 유치원과 치료실을 다니느라고 하루종일 밖에서 지냈다.

잠시도 쉬지 않고 치료와 교육을 시킨 것은 희망 때문이었다. 노력하면 장애에서 벗어날 수 있다고 믿었다. 엄마는 자폐증이 무엇인지 정확히 몰랐고, 아니 안다 해도 장애를 부정하고 싶었던 것이다.

관심 찾기

...

초등학교 1학년 때 피아노 학원에서 쫓겨났다. 엄마는 큰 학원에 가면 준이 장애를 이유로 다른 수강생들에게 방해가 된다고 거절을 할 것이 뻔하기에 가정집에서 시간별로 아이들에게 피아노를 가르치는 비인가 피아노 교습을 택하였다.

"선생님, 우리 준이는 바이엘부터 가르쳐 주시면 따라가지 못할 거에요. 아이가 피아노에 관심을 가질 수 있도록만 지도해 주셨으면 해요."

엄마는 새로운 사람을 만날 때마다 준이에 대하여 자세히 설명하며 겸손히 부탁한다. 엄마가 준이에게 피아노를 가르쳐 주려고 했던 것은 그 당시 아이들이 피아노, 태권도 등을 배우러 학원에 가는 것이 일반적인 사교육이었기 때문이 아니었다. 손가락을 많이 움직이면 두뇌 발달에 도움이 된다는 얘기를 듣고 손가락 운동이 가장 많은 것이 피아노일 것 같아서 피아노 학원을 찾은 것이었다.

그런데 얼마 지나지 않아서 피아노 선생님이 말했다.

"준이 어머니, 준이가 건반 하나만 계속 쳐서 피아노가 고장이 났어요."

"어머, 죄송해요. 제가 수리해 드릴게요."

"어머니, 아무래도 준이 못가르칠 것 같아요."

엄마도 더 이상 부탁할 수가 없었다. 엄마는 자기가 피아노를 가르칠 수 없는 것이 안타까웠다. 엄마가 미술이 아닌 음악을 전공했더라면 아들에게 도움이 됐을 텐데 싶어 자기 자신을 원망하였다.

"준아, 피아노 건반이 이렇게 많은 것은 이 많은 건반들을 눌러야 아름다운 음악이 되기 때문이야. 한 개만 계속 누르면 소리가 예쁘지 않아. 예쁜 소리가 나지 않으면 음악이 아냐. 그러니까 이 건반들을 골고루 눌러야 해."

준이는 건반 하나를 누르며 귀를 갖다 대기도 하였다. 그때는 미처 생각하지 못하였지만 준이가 그 음이 몹시 좋아서 반복적으로 들었던 것인데 그때는 그것이 자폐증의 이상 행동인 줄 알았다.

준이는 집에서 혼자 피아노 앞에서 놀았다. 자기가 좋아하는 동요를 피아노 건반을 천천히 누르며 음을 만들어 내곤 하였다. 그러다 악보도 없이 연주를 하는 것을 보고 엄마는 너무너무 신기하고 기뻤다.

준이가 의미 없이 피아노 건반을 누르며 장난을 치는 것이 아니라 제대로 연주를 해서 아름다운 곡이 집안 가득 울려 퍼지고 있다는 사실에 흥분이 되었다.

준이를 피아노 학원에 보내면 또다시 쫓겨날지도 모를 일이라서 엄마는 준이에게 제대로 피아노를 가르쳐 줄 선생님을 찾고 있었다. 엄마가 근무하는 매장 위층이 피아노 교습실인데 그곳에 찾아오는 손님들을 창 너머로 살펴보았다.

그 가운데 한 분에게 이상하게 마음이 끌렸다. 엄마는 다가가 무턱대고 물었다.

"저 선생님, 피아노 선생님이시죠?"

"그런데요?"

"우리 아이한테 장애가 있는데 학원에서 받아 주지를 않아서 피아노를 못 배우고 있어요. 선생님께서 우리 아이를 가르쳐 주실 수 있나요?"

마침 그분은 독일에서 피아노를 공부했는데 커리큘럼에 특수교육이 있어서 장애아동에 대한 이해가 깊었다. 그분은 신민임 선생님인데 준이를 대하는 태도가 아주 따뜻했다. 장애아 엄마로 살다 보면 직감적으로 안다. 그 사람이 장애인에 대해 어떤 인식을 갖고 있는지, 얘기를 하면 마음이 통할 것 같은 느낌이 있다.

신 선생님이 집으로 와서 준이에게 피아노를 가르쳐 주었다. 물론 처음부터 준이가 피아노에 열중하진 않았다. 자기 혼자 자기가 하고 싶은대로 피아노를 치며 놀았기 때문에 타인이 개입하는 방식에 익숙치 않았다.

"준아~ 피아노로 얘기할까."

신 선생님은 뮤지컬을 하듯이 노래를 부르며 대화를 이어 갔다. 사람에 대한 반응이 거의 없는 준이가 선생님 노랫말을 따라하며 피아노 앞으로 갔다.

신 선생님이 그렇게 노래를 부르며 피아노를 가르쳐 주자 준이가 아주 흥미로워했다. 준이는 피아노를 칠 때 노래를 부르지 않았었는데 선생님은 피아노 연주와 함께 노래를 부르도록 하였다. 준이가 자기 목소리로 노래를 불렀을 때 발견한 것은 말하는 것보다 훨씬 발음이 좋아서 전달이 잘 된다는 것이었다.

좋은 선생님 덕분에 준이의 피아노 실력은 조금씩 향상되었다.

준이가 피아노를 치며 노래를 불렀던 것이 피아노병창이라는 새로운 장르를 개척하게 하였던 것이다.

초등학교 입학

...

장애아 엄마들이 가장 힘들어하는 도전의 시기는 바로 초등학교 입학이다. 장애 진단을 받고 난 후 치료에 매달릴 때는 '어느 날 갑자기 기적처럼 준이 몸에서 자폐증이 사라질 수도 있어. 열심히 치료받으면 나아지겠지.' 하는 기대가 있었지만 초등학교 입학은 준이가 우리 사회 제도권 안으로 들어가는 첫 관문이기 때문에 장애를 인정해야 하는 고통스러운 통과의례를 거쳐야 했다.

엄마는 초등학교 입학을 1년 유예시키면서까지 고민하였다. 일반 학교에 보낼 것인가 특수학교에 보낼 것인가.

준이를 관찰한 결과 자폐성장애아의 특징 가운데 하나인 모방이 강했다. 일반 학교에 보내면 비장애 친구들을 모방할 것이고 그 모방을 통해 발전할 수 있다는 판단이 섰다. 그래서 반수가 적고 아담한 일반 학교에 입학을 하였다. 집에서 좀 멀기는 해도 작은 학교가 준이한테 관심을 더 쏟아 줄 것 같았다.

담임 선생님은 교대를 갓 졸업한 경험이 없는 여자 선생님이었다.

"최준."

선생님이 출석을 부르는데 준이는 대답하지 않았다. 준이는 새로운 환경에 적응하는데 시간이 걸린다. 한 번 더 이름을 불렀다면 준이는 대답을 하였을 텐데. 선생님은 다시 부르지 않았다.

다른 아이 이름은 두 번 세 번 반복해서 부르며 확인을 했지만 준이는 그냥 지나갔다. 물론 준이가 온 것을 알기 때문에 확인을 할 필요가 없었던 것이기도 했지만 선생님은 '최준은 이름을 불러도 대답을 하지 않을 테니까 불러도 소용이 없다.'고 생각한 것이다. 그런 생각 때문인지 선생님은 그다음 날도 그다음 날도 계속에서 출석을 부를 때 최준은 건너뛰었다.

한마디로 준이는 학교에서 방치되고 말았다. 준이는 아주 규범적인 성격이어서 시작 종이 치면 의자에 앉아 꼼짝을 하지 않고 있다가 끝나는 종이 쳐야 자리에서 일어났다. 아이들에게 전혀 방해가 되지 않았다.

그런데 2주가 지나자 교장 선생님이 엄마를 불러 학부모들이 준이에 대한 불평들을 하니 특수반이 있는 학교로 옮기는 것이 좋겠다고 말했다.

"교장 선생님, 제가 학부형들을 만나서 설득해 보겠습니다. 이제 겨우 2주밖에 안 지나서 일반 아이들과 수업을 받는데 어떤 문제가 있는지 정확히 드러나지 않았잖아요."

알고 보니 학부모들이 문제를 제기하지 않았지만 앞으로 그럴 가능성이 있으니 학부형들이 들고일어나기 전에 다른 학교로 가라는 것이었다.

"교장 선생님, 만약 교장 선생님 손자가 그런 상황에 있다고 생각해 보세요."라며 준이 엄마는 입장을 바꿔서 이해해 달라는 취지로 말을 한 것인데 교장 선생님은 버럭 화를 냈다.

"난, 그런 손자 없어요. 어떻게 그런 막말을 합니까? 나 같으면 남한테 피해 주는 일은 안 합니다."

엄마는 너무나 황당한 반응에 아무 말 없이 교장실을 나왔다. 우리나라 교육자의 수준이 이 정도밖에 안 된다는 사실에 깊은 절망에 빠졌다. 물론 준이가 많이 부족하지만 그 부족함이 범죄는 아니니까 그 부족함을 탓하고 거부하지 말고 마음을 열고 기다려 달라는 것이 이토록 면박을 받을 만큼 잘못된 일인지 눈물이 하염없이 흘러내렸다.

준이 엄마는 대학교육을 받고 좋은 직장에서 근무하며 사회 엘리트로서 남한테 구차한 소리 한번 하지 않고 살았었는데 장애아 엄마라는 사실로 소소하게 또는 황당하게 당하게 되는 편견과 차별 때문에 끓어오르는 분노를 혼자서 삼킬 수밖에 없었다.

엄마는 준이 교육에 최선을 다 하기 위해 퇴사를 결심했다. 준이 할아버지가 초등학교 과정을 감당하기에는 한계가 있었다. 좋은 직장이고, 디자이너라는 일이 준이 엄마에게는 너무나 소중한 일이라서 그만둔다는 것이 쉽지 않은 결정이었지만 아들을 위해서는 못할 것이 없었던 엄마였다.

집 근처에 있는 초등학교로 전학을 하였다. 1학년 5반에 배정되었다. 담임 선생님은 곧 교감이 되실 경험이 많은 여자 분이었다.

"어머니, 생각해 봤는데 어머니께서 교실 안에 계시면서 준이를 돌보는 것이 어떨까요?"

"선생님, 감사합니다. 선생님이 부담스러워하실 것 같아서 말씀을 못 드렸는데 먼저 말씀해 주시니 정말 감사합니다."

준이의 학교생활은 아주 순조로웠다. 여자 아이들이 준이를 곧잘 돌봐주었다.

"준아, 이거 먹어."

"준이는 초코렛 좋아해. 아주 예뻐."

"어머, 준이는 초코렛이 예쁜데!"

"초코렛이 예쁜 게 아니라 초코렛을 나눠 먹자고 한 네가 예쁘다는 거야."라고 엄마가 나서서 설명해 주면 어린아이들이었지만 금방 알아들었다.

물론 남자아이들은 준이한테 짓궂은 장난을 치기도 했지만 엄마는 제재하지 않았다. 그것이 아이들과 어울릴 수 있는 좋은 교육이기 때문이다.

"준아, 선생님 심부름 할래?"

"준이 심부름 잘…잘 해요."

준이는 선생님이 다른 아이들에게 시키듯 자기에게도 심부름을 시킨 것에 정말 신이 났다. 준이도 친구들과 똑같은 대우를 받고 싶었던 것이다. 지적장애여서 아무것도 모른다고 생각하지만 그 아이들도 자신이 배제되는 것을 싫어한다.

준이가 학교생활 내내 가장 열심히 가장 신이 나서 한 심부름은 선풍기 닦기였다. 준이는 회전하는 물체에 관심이 많다. 집에서도 선풍기

관찰하기를 즐긴다.

"엄마, 선풍기 청소하면 바람 소리가 높아져요."

"청소 안 하면 어떤 소리가 나는데?"

"엄마, 선풍기 청소 안 하면 바람 소리가 낮아져요. 자꾸자꾸."

선풍기 날개에 먼지가 끼면 소리가 둔탁해져서 준이는 맑은 소리를 듣고 싶어 선풍기 청소에 집착을 했던 것이다. 선풍기를 뜯어서 깨끗이 청소하고 다시 조립하는 일은 준이한테는 귀찮은 일이 아니었다.

준이는 선풍기 청소로 학교에서 유명 인사가 되었다. 우리 아이들이 학교에 폐만 끼치는 존재가 아니라는 것을 일깨워 준 일이 또 있다.

"우리 반이 다른 반에 비해 협동심이 강하고 배려심이 많다고 칭찬을 받았어요. 왜 그럴까 생각해 보니 준이 덕분인 것 같아요. 제가 봐도 우리 반 아이들이 착하고 어른스러워 보이거든요."

아이들은 운동장에 나가면 준이가 줄에서 이탈될까 봐 누가 먼저랄 것도 없이 옆에서 챙겨 준다. 준이가 선생님 말씀을 잘 못 알아들었을까봐 다시 한 번 설명해 주기도 한다.

"선생님! 준이 화장실 급한가 봐요."

"그래, 준아 화장실 다녀와."

준이가 화장실에 가고 싶은 것을 먼저 알아차려 선생님께 말해 주는 것도 아이들이 해 주었다. 어린아이들이지만 장애를 놀리는 것은 나쁜 일이고 세심히 보살펴 주는 것이 옳은 것임을 잘 알고 있었다.

아이들은 누가 가르쳐 주지 않았는데도 스스로 알아서 함께 잘 지냈다.

판소리를 만나고

...

준이가 판소리를 하게 된 것은 사물놀이 학원에 보낸 초등학교 4학년 때였다. 준이가 관심이 있어 하는 것은 모두 배우게 했다. 사물놀이는 준이의 에너지를 발산시키는데 아주 좋았다. 자폐아의 과잉 행동은 넘치는 에너지에서 나온다는 것을 안 엄마는 학교와 학원이 쉬는 주말에는 준이를 데리고 등산을 했다. 산 정상에 올라가면서 호흡도 늘려가고 목표를 달성하기까지 멈춰서는 안 된다는 것을 가르쳐 주기 위해서였다. 준이는 등산을 하면서 눈에 보이는 모든 사물에 관심을 보였다.

"예뻐요."

"뭐가 예뻐요?"

"바람이 예뻐요."

준이는 도시와는 다른 신선한 공기의 흐름인 바람을 예쁘게 느끼고 있었다.

"바람이 어떻게 예쁘니?" 엄마는 항상 준이에게 질문을 했다. 질문에

답을 하면서 세상을 이해해 갈 수 있기 때문이다.

"소리가 예뻐요."

자기 집에서 부는 바람과 산위의 바람의 차이를 휘파람으로 설명하였다. 바람의 예쁨 정도를 모르는 엄마를 이해시키려고 준이가 오히려 노력하였다.

준이는 소리에 민감했다. 소리의 특징을 정확히 알고 있어서 보통 사람들은 구분하지 못하는 소리를 정확히 구분하였다. 엄마는 준이가 잘하는 것은 칭찬을 아끼지 않았다. '우와, 우리 준이 천재인걸.' 그 칭찬에 준이는 신이 나서 자신의 느낌을 자신있게 표현할 수 있게 되었다.

"틀렸어, 틀렸어, 틀렸어."

준이는 다른 아이들이 실수를 하면 그때그때 틀렸다고 말해 주었다. 실수에 대한 창피를 주려고 또는 잘난 체를 하려고 지적을 한다고 생각하기 쉽지만 준이는 틀렸기 때문에 틀렸다고 말하는 것이었다. 그리고 보통 사람들 귀에는 아무렇지도 않게 들리는 음이탈이 준이에게는 기차 선로 이탈만큼 심각한 문제였기에 그렇게 다급한 목소리로 말했던 것인데 그것이 방해가 된다고 사물놀이 학원에서 쫓겨나는 신세가 되었다. 보통 아이가 지적을 했으면 틀린 것을 알아낸 것을 칭찬했겠지만 준이는 장애가 있다는 이유로 잘한 행동도 문제 행동이 되어 그룹에서 배제를 당하게 되었다.

"엄마, 사물놀이 학원 준이는 왜 못 가요?"

"못 가는 게 아니고 이제 집에서 배우려구."

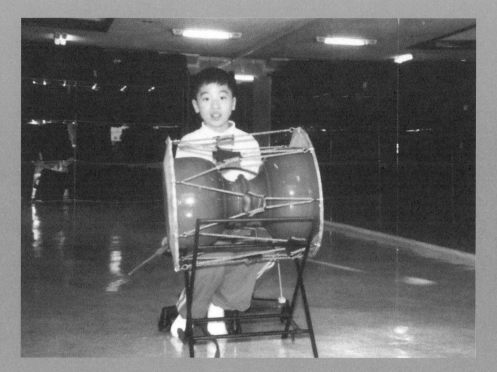

초등학교 시절 장구치는 모습

초등학교 가족학예회

그렇게 말하고 나자 엄마는 사물놀이를 집에서 배울 수 있는 방법을 찾아야 했다. 준이한테는 거짓말이 통하지 않는다. 일단 한 말은 반드시 지켜야 한다. 준이 덕분에 준이네 가족들은 약속은 꼭 지키는 정직한 가족이 되었다.

엄마가 그 학원에서 아르바이트를 하던 여학생에게 집에 와서 준이를 가르쳐 달라는 부탁을 하자 그 학생은 아르바이트 일자리가 하나 더 생긴 것이라서 마다하지 않았다. 사물놀이 전체는 할 수 없고 그 여학생 전공이 판소리여서 준이는 판소리를 접하게 되었다.

장애인에 대한 기초 상식이 없는 어린 학생이라서 '너를 가르치는 내가 바보다.'라며 준이에게 상처가 되는 말을 했지만 엄마는 듣고도 못 들은 척하며 참았다. 준이가 판소리에 관심이 많았고 판소리가 준이의 언어 발달에 도움이 될 것 같았기 때문이다.

판소리는 악보가 있는 것이 아니어서 선생님이 한 소절 먼저 부르면 준이가 따라하는 형식으로 천천히 천천히 판소리를 익혀 갔다. 준이는 판소리를 하면서 문장을 만들어 말을 하였다. 예전에는 물이 먹고 싶으면 '물'이라고 단어만으로 의사 표현을 했는데 판소리를 하고 나서는 '물 주세요.'라고 했고, 좀 더 발전해서 '목이 말라요. 물 주세요.'라고 문장으로 자신의 뜻을 전했다. 엄마는 그것이 모두 판소리 덕분이라고 생각하였다.

첫 무대

...

판소리를 배운 후 준이 생활 자체가 판소리였다. 초인종을 누르고 "이리 오너라."라며 춘향가를 불렀다. 기러기가 날아가는 것을 보고 "기러기가 춤을 춰요."라며 춤을 추었다. 엄마는 아이의 행동이 마냥 신기했을 뿐 공연을 할 생각을 하지 못했지만 판소리 선생님은 공연을 권했다.

엄마와 아빠는 준이 공연에 대해 의논을 거듭했다.

"준이한테 스트레스 주는 일이 아닐까?"

아빠는 아들이 관객들 앞에서 실수 없이 잘 하려고 긴장하는 것이 아이에게 너무 큰 부담이 될 것이라고 판단했다.

"아냐, 여보. 준이는 판소리할 때 자신감이 넘쳐. 아주 행복해 보인다고."

"그래두 무대에 서면 겁나지 않을까?"

"아냐, 멋있을 거야. 준이가 소리를 하면서 목에 핏줄이 좍 서면 얼마나 멋있다고."

"왜 안 그러시겠어. 당신은 준이가 땀 흘리는 모습도 멋있다면서."

엄마 아빠는 준이의 멋진 모습을 주위 사람들에게 보여 주고 싶었다. 특히 준이를 위해 가슴 아파하시며 최선을 다해 주신 준이 할머니, 할아버지께 꼭 보여 드리고 싶었다.

준이 할머니 할아버지는 손자가 장애가 있다고 원망 한마디 하신 적이 없고 지인들에게 손자라고 사랑스럽게 말씀하실 정도로 준이의 장애를 긍정적으로 받아들이셨다. 초등학교에 입학하기 전까지는 할아버지가 준이의 보호자로 모든 역할을 해 주셨는데 준이 엄마는 그때 할아버지께서 육체적으로도 힘드셨지만 마음고생도 얼마나 크셨을지를 누구보다 잘 알기에 시아버지에 대한 고마움을 늘 갖고 있었다.

사람들은 지적장애라고 하면 아무것도 못한다고 생각하기 때문에 그런 아이를 가르치겠다고 이 학원 저 학원 끌고 다닌다고 곱지 않은 시선을 보내기도 하였다.

엄마는 준이가 잘 하는 것이 있다는 것을 보여 주고 싶었다. 그래서 공연을 하기로 결정하고 준비에 들어갔다. 처음이라서 어떻게 해야 할지 몰라 허둥거렸다. 공연 장소는 레슨 선생님께서 잡아 주셨다. 엄마는 어디가 좋은지도 몰랐다. 초청 티켓, 포스터, 현수막, 팸플릿 등은 아빠가 준비했다.

엄마는 준이가 입을 무대의상과 공연 소품을 챙기고 준이가 무대 위에서 어떻게 행동해야 하는지를 일일이 가르쳐 주는 연출을 맡았다. 준이는 선생님의 지도를 받으며 열심히 판소리 연습을 하였다. 연습을 마치면 겨울인데도 옷이 땀으로 흠뻑 젖어 있었다. 준이의 건강에 신경을

부채를 들고 판소리를 하는 모습

쓰는 것도 엄마 몫이었다.

준이 공연 날짜가 다가오니 걱정이 더 많아졌다. 객석이 텅 비면 어떡하나, 무엇보다 준이가 무대 위에서 2시간 동안 판소리를 이어 갈 수 있을까, 하다가 무대 아래로 내려오면 어쩌나, 사설을 잊어버리면 어쩌나…… 걱정이 한두 가지가 아니었다.

2003년 4월 12일 국립국악원 우면당 외벽에는 '최준 박초월제 흥보가 발표회 흥부야, 노올자'라는 대형 현수막이 걸렸다. 현수막에 쓰인 아들 이름만 보고도 엄마 가슴이 뭉클했다.

공연 시간 오후 5시가 다가와 무대 뒤에서 객석을 바라보니 마법처럼 객석이 꽉차 있었다. 우면당이 700석이라고 하는데 빈 의자가 없는 것은 700명이 와 주셨다는 얘기였다.

객석의 관객을 보니 힘이 솟구쳤다. 엄마는 준이 옷매무새를 고쳐 주며 말했다.

"준아, 준이 판소리를 보고 싶어하는 분들이 많이 아주 많이 오셨어. 준이가 열심히 하면 그분들이 칭찬해 주실 거야. 우리 열심히 하자."

"준이 열심히 해요. 준이 잘 해요."

13살밖에 안 된 준이였지만 각오가 대단했다. 드디어 준이가 무대로 성큼성큼 걸어나가 중앙에 서서 관객들에게 공손히 인사를 하고 흥보가를 시작하였다.

한복을 입고 한 손에 부채를 들고 700여 명의 관객이 모인 큰 무대에서 소리를 하는데 엄마가 봐도 너무 멋있었다. 목에 핏줄이 서고, 머리 옆 핏줄도 뚜렷이 돋아났다. 땀이 주르륵 흘러내렸지만 준이는 포기하지 않았다. 반응을 보내는 관객 쪽으로 고개를 돌려 반응에 호응을 하기도 하였다. 준이가 흥보가를 완창하였다. 소리꾼으로서 손색이 없었다.

관객들이 열정적으로 박수를 보내 공연장 안의 열기가 뜨거웠다. 엄마는 그 박수 소리가 '준이 정말 잘 키우셨어요.', '준이 걱정하지 마세요.', '준이 장애는 아무런 문제가 아니에요.'라고 위로해 주는 듯하여 눈물이 쏟아졌다.

꿈이 생겼다

...

첫 개인발표회 소식을 주요 신문에서 판소리 신동이라고 소개하였다. KBS1-TV '국악한마당'에 출연하여 판소리 춘향가를 불렀는데 그 방송을 많은 지인들이 보고 준이가 판소리에 탁월한 재능이 있다고 칭찬을 아끼지 않으셨다.

예전에는 준이가 속해 있는 학교, 학원 심지어 엄마들 모임에서 준이는 말썽만 일으키는 요주의 인물이었지만 준이가 잘하는 것이 있다는 것을 보여 주고 나서는 준이를 소리꾼이 될 재능꾼으로 봐주었다.

준이는 소리가 나는 악기나 오디오 기계에 깊은 관심을 보여 손으로 꼭 만져 봐야 직성이 풀리는 오디오 집착이 있는데 그런 행동을 이해하지 못해서 아이가 이상하다고 혀를 차기 일쑤였지만 이제는 그런 행동을 음악과 관련된 천재성으로 인정해 주었다.

준이 인생에 반전이 일어난 것이다. 그동안 수없이 쫓겨나며 겪었던 아픔이 있었기에 준이는 잘하는 것을 찾아 그것을 유감없이 보여 주며 사람들의 인정을 받았다는 사실에 엄마는 또다시 눈물을 흘렸다.

이런 이해와 인정으로 준이는 학교생활에 잘 적응해 갔다. 고등학교 수학여행은 학창 시절을 장식하는 최고의 행사이다. 준이 학교에서는 일본 오사카로 수학여행을 가기로 되어 있었다.

"어머니, 해외여행이라서 준이에게 더 위험 요소가 많을 것 같아요."

담임 선생님은 은근히 준이가 수학여행을 안 가기를 바라는 듯하였다.

"그렇죠, 선생님. 그런데 저는 준이에게 수학여행을 경험하게 해 주고 싶어요. 제가 따라가서 케어를 하면 안 될까요? 학교에 방해되지 않게 먼 발치에서 준이를 관찰하겠습니다."

이렇게 해서 선생님 허락을 받았다. 엄마는 준이한테 필요한 것은 소속감이고 소속된 사회 구성원으로 함께 어울리는 방법을 습득하는 것이 준이 학교교육의 목표였다. 그래서 현장학습에 반드시 참여시켰다. 엄마의 욕심이지만 방법이 전혀 없는 것도 아니었다.

어른이 있으면 청년기 아이들에게 방해가 되기 때문에 준이에게 가까이 다가가지 않고 거리를 두고 아들을 지켜보았다. 한창 혈기왕성한 아이들이라서 주먹이 먼저 나가고 욕설을 퍼붓기도 했지만 죽을만큼 때리는 것이 아니면 모르는 척했다. 그럴 때마다 엄마가 나서면 준이에게는 친구가 생기지 않을 것이기 때문이었다.

"준아, 얼굴에 왜 꽃이 피었어?"

아들 얼굴에 상처가 난 것을 보고 아빠가 놀라서 물으면 준이 이렇게 대답하였다.

"준이 친구가 만들어 주었어요."

그 말에 엄마가 거들었다.

"준이 완전 사나이 같은 걸."

아이들은 아직 약자를 배려하기보다는 약하기 때문에 쉬운 상대로 생각한다. 어찌 아이들뿐이겠는가.

엄마는 그 아이들이 어른이 되어 살아갈 세상도 약자를 이용할 것이 뻔하기 때문에 아들을 보호하기보다는 스스로 적응할 수 있도록 해 주었다.

우리 준이는

...

엄마는 아들을 키우면서 가장 많이 하는 말이 있다.

"우리 준이는 방해하지 않아요."

사람들은 지적장애나 자폐성 발달장애에 대해 잘 모르기 때문에 준이를 보면 경계부터 한다. 자기 일에 방해가 되거나 자기 아이에게 해를 끼칠 것으로 생각하고 접근 금지를 부탁한다.

준이는 8교시 수업 시간이 끝날 때까지 자리를 뜨지 않는다. 정해진 규칙을 잘 지킨다. 그리고 다른 아이들을 먼저 건드리는 법도 없다. 장난을 쳐서는 안 된다고 선생님이 말씀하셨기 때문이다. 준이는 한마디로 모범생이다. 시험 성적이 좋지 않아서 그렇지 공부도 열심히 한다.

"우리 준이는 자기가 좋아하는 것을 하면 행복한 아이에요."

엄마는 아들의 특성을 설명하며 이해시키려고 애쓴다.

준이는 핸드폰을 주로 녹음기로 사용한다. 자기가 좋아하는 소리는 모조리 녹음했다가 그 소리를 반복해서 듣는다. 특별한 소리도 아니고 소음에 가까운 소리인데 준이는 그런 소리들을 좋아한다.

처음에는 그저 자폐증의 이상행동이려니 생각했었는데 준이는 그 소리 속에서 어떤 법칙을 발견하였다.

"엄마, 지하철 2호선 소리는……."

이렇게 시작하여 지하철 9호선까지 소리 변화를 정확히 묘사하였다. 그뿐이 아니었다. 지하철이 들어올 때의 소리와 지하철이 나갈 때의 소리도 구분하여 묘사하였다.

지하철 소리 구분이 준이의 장기가 될 정도로 준이는 한동안 지하철에 매달려 있었다.

"엄마, 대통령님이 어디를 가시나 봐요!"

준이는 하늘을 보며 이렇게 말한다. 그냥 하는 말이 아니라 하늘에 대통령 전용 헬기가 떴기 때문에 알아낸 정보였다. 준이는 아무리 높이 떠 있는 비행기라도 그 소리를 감지한다. 놀랍게도 헬기에 대한 감별 능력은 매우 뛰어나다. 대통령 헬기, 소방 헬기, 군 헬기를 정확히 구분하고 날개가 몇 개이고 모델명까지 알 수 있다.

보통 사람들은 전혀 알 수 없지만 그것은 알 필요도 없기 때문에 준이의 특별한 능력은 그냥 장애로 치부되고 있다.

"엄마, 들어보세요. 참 아름답지요!"

엄마에게 권하는 대부분의 소리는 그다지 아름답지 않지만 준이는 사람들이 듣지 못하는 아름다운 소리를 독점하고 있어서 음악을 표현하는데 큰 무기가 된다.

하지만 무턱대고 모든 소리를 좋아하는 것은 아니다.

식구가 많아서 빨래가 많기 때문에 세탁기를 자주 사용한다. 그런데 세탁이 다 됐는 줄 알고 뚜껑을 열어 보면 옷들이 세제 거품 속에 그대로 있었다. 바로 준이가 세탁기를 꺼 버린 것이다.

세탁기 모터 소리가 듣기 싫었던 것이다. 세탁기 소리에도 귀기울였던 준이가 왜 세탁기 소리에 과민 반응을 보이나 싶어 엄마는 관찰을 하였다. 그랬더니 음악 작업을 할 때 소리가 섞이는 것이 싫었던 것이다.

준이가 TV보다 라디오를 더 좋아하는 것을 보면 소리에 특별한 관심이 있는 것이 분명하다. 라디오 클래식 방송과 국악 방송을 즐겨듣는다.

어느 날 준이가 미국 방송을 보고 있었다. 엄마는 준이가 영어 공부를 하고 있다고 생각했지만 알고 보니 영어의 은율을 즐기고 있었다.

준이는 소리에 대해 말할 때는 할 말이 많은 수다쟁이가 된다. 주위 사람들에게 소리를 들려주면서 그에 대한 자기 생각을 설명해 주기를 즐긴다.

국악대회 출전

...

"어머니, 학생 판소리 대회가 있는데, 준이도 출전을 해 보는 것이 좋을 것 같아요."

판소리 선생님이 조심스럽게 제안하였다.

"우리 준이가요? 그런 거 할려고 판소리시킨 게 아니예요. 우리 준이가 어떻게 경쟁하는 대회에 나가겠어요."

엄마는 준이가 상처받는 것이 두려워서 경쟁이 치열한 대회에 출전하는 것을 꺼렸었다. 하지만 선생님의 권유로 중학교 2학년 때 처음으로 전국청소년국악경연대회에 출전하게 되었다.

선생님이 준이가 가장 잘할 수 있는 흥보가를 선곡하고 그 가운데 박타는 대목으로 맹연습을 하였다. 엄마는 준이 컨디션을 최대한도로 끌어올려 주고 무대에서 입을 의상을 준비하며 뒷바라지를 하였다.

준이는 그 힘든 과정을 즐겁게 따라해 주었다. 대회 장소에 도착하자 출전자들이 이미 많이 와 있었다. 준이 행동이 낯설어 준이를 힐금힐금

쳐다보곤 하였지만 모두 긴장한 얼굴로 대회 준비에 열중하고 있었다.

하지만 준이는 전혀 긴장을 하지 않았다. 엄마는 그것이 장애 때문이지만 오히려 다행이란 생각이 들었다. 준이는 엄마의 염려와는 달리 아주 당당하게 실력 발휘를 하였다. 그 결과 첫 출전 대회에서 우수상을 수상하는 큰 성과를 이루어 냈다.

그 후 종종 판소리 대회에 출전을 했었는데 한번은 판소리를 하다가 부채를 떨어트리는 대형 사고가 났다. 엄마는 순간 아찔해서 정신을 잃을 정도였지만 준이는 자연스럽게 부채를 집어 들고는 흔들림 없이 판소리를 이어 갔다.

보통 경연 중 실수를 하면 그 실수가 마음에 걸려서 다른 실수를 저지르게 되는데 준이는 그런 불안함이 없었다. 그저 판소리가 좋아서 소리를 하는 것이기 때문에 점수에 연연해하지 않다 보니 마음이 편안한 것이었다.

긴장을 해서 입술이 바싹바싹 타는 것은 엄마였다. 엄마는 준이가 무대에서 내려와야 그제야 숨을 제대로 쉴 수 있다.

고 박송희 선생님과 함께

박록주대회 수상

위대한 탄생 대상 수상

종로대회 수상

준이의 대학 입시

...

다행히 준이 아빠는 대학에 보내자고 하였다. 엄마는 아빠가 무슨 대학이냐고 반대를 할까 봐 걱정을 하였지만 아빠도 엄마와 같은 생각을 하고 있었다. 준이를 대학에 보내려고 하는 것은 국악 공부를 더 시키기 위해서가 아니라 아들에게 소일거리를 만들어 주고 싶었기 때문이었다.

준이가 그동안 경연대회에 나가서 받았던 수상 경력들이 보통 아이들이라면 그것이 대학 입학에 도움이 되겠지만 준이는 그것이 장애인으로서 잘 했다는 것이지 전문 국악인이 되는 조건이 되지 못하였다.

준이도 당연히 대학에 가는 것으로 알고 있었다. 준이는 2008년 수능 시험을 보았다. 별도의 시험장에서 준이 혼자 시험을 보았다. 솔직히 말해서 준이는 모든 과목의 시험 문제를 이해하고 정답을 찾는 것이 어렵다. OMR 카드에 정답을 찍을 때 아주 정확히 색칠을 하는 것은 최고이다. 그리고 주관식은 자기가 아는 단어를 적어넣는다. 빈칸으로 두지는 않는다.

엄마는 시험 시간 내내 밖에서 아들이 시험을 잘 보기를 기도하는 것이 아니라 무사히 그 긴 시간을 잘 견디고 교문 밖으로 나오기를 기도했다. 끝날 시간이 되어 초조히 교문 안을 살펴보고 있는데 엄마 귀에 준이 목소리가 들렸다.

"엄마, 시험 너무 재미있어요."

준이는 두 팔을 크게 휘저으며 달려왔다. 엄마는 그런 아들이 너무 대견했다.

"재밌었어? 지루하지 않았니?"

"준이는 시험 좋아해요."

준이는 그 시험 과정을 거쳐야 다른 친구들처럼 대학에 갈 수 있다고 생각했던 모양이다. 그래서 애써 재미있어 했다. 하지만 엄마는 그때부터 골치가 아팠다.

과연 어느 대학에서 준이를 받아 줄 것인지 정보를 찾느라고 전국에 있는 대학 홈페이지를 죄다 뒤지기 시작하였다. 발달장애인 대학 입학 사례를 모아서 분석하며 머리를 짜고 또 짰다. 발달장애인들이 많이 가는 특화 대학도 있었지만 준이에게 필요한 공부를 시켜야지 음악과 관련이 없는 전공은 대학에 진학하는 의미가 없었다.

우선 한국예술종합대학교부터 알아봤다. 한예종은 장애인 특례입학이 힘들었다. 이 대학 저 대학 두들겨 보았지만 발달장애인에게는 여전히 대학의 문이 높았다. 엄마 욕심이겠지만 좋은 대학에 보내고 싶어서 입학 요강을 샅샅이 살펴보았는데 그런 대학들은 실기 외에 논술이 있었다. 실기는 자신이 있었지만 논술은 불가능하다는 것을 모르는 엄마가 아니어서 가슴이 아팠다.

발달장애에 대한 이해가 부족해서 어떤 대학에서는 입학 상담을 할 때 걸을 수 있냐고 물어보기도 하였다. 지식의 전당인 대학에서도 장애에 대해 몰라도 너무 몰랐고, 설명을 해 줘도 들으려고 하지 않았다.

이런 갑갑한 현실 속에서 준이는 2010년도에 서울문화예술대학교 실용음악과에 입학하였다. 준이는 특별전형이었지만 실기 시험에서 높은 점수를 받았다.

대학생이 된 준이

...

사이버대학이라서 이론 수업은 온라인으로 하고 실기 수업은 오프라인으로 진행이 되기 때문에 준이에게는 더없이 좋은 교육 방식이었다. 준이 덕분에 엄마는 공부를 많이 했다. 사람들은 엄마가 아들 공부를 대신해 준다고 생각하지만 엄마는 아들이 공부를 할 때 옆에서 안내를 해 주는 역할만 한다.

준이는 교양과목 수강은 집중을 하지 못하였지만 전공과목은 너무 흥미로워하였다. 일반 학생들이 가장 어려워하는 화성학을 준이는 재미있어 하였다. 준이는 피아노를 전공하였는데 그것이 최준표 피아노 병창을 더욱 성숙시켜 주었다.

어렸을 때 배운 피아노가 피아노 연주법이었다면 대학에 들어와서 배운 피아노는 그것을 활용하는 다양한 피아노 접근법을 익혔기 때문에 준이가 피아노를 받아들이는 범위가 넓어졌다.

준이는 대학생이 된 후 음악에 대한 전문지식을 습득하게 되었다. 악

엄마와 함께

보도 읽고, 악보도 쓸 줄 알게 되었다. 교육의 힘이 참 대단하였다.

사이버대학이지만 실기는 오프라인 수업을 받기 때문에 학교에 가는 데 학생들이 성인이라 개인주의 성향이 있고 게다가 음악을 하는 학생들이라서 개성이 강해서 각자 자기 라이프 스타일을 갖고 있었다.

대학 캠퍼스처럼 학교 공간이 넓은 것도 아니고, 좁은 건물에서 수업을 하기 때문에 쉬는 시간이나 공강이 생길 때 마땅히 쉴 공간이 없었다. 잔디밭이나 도서관이 있는 넓은 캠퍼스 속에서 준이에게 대학 생활의 낭만을 경험시켜 주지 못한 것이 엄마는 못내 아쉽다.

준이는 사람을 사귀는 일에 취약하다. 낯선 사람에게 반응을 보이지 않기 때문에 준이에게 말을 걸었던 친구들이 머쓱해서 다시는 다가오지 않기에 친구를 만들지 못한다. 엄마가 나서서 같이 밥을 먹으러 가자고 하면 머쓱해하는 학생도 있지만 친절히 따라오는 학생도 있었다.

밥을 먹으며 음악에 대한 얘기가 시작되면 그때부터는 엄마가 끼어들지 않아도 소통이 잘 이루어진다. 준이와 가장 가까웠던 남학생은 예술의 주제가 왜 사랑밖에 없느냐며 준이가 좋아하는 지하철이나 비행기도 훌륭한 음악 소재라는 것에 깊이 공감하여 준이의 좋은 친구가 되어 주었다.

작곡에 관심을 갖게 된 후부터 준이는 질문을 많이 하였다. 미디 음악 작곡은 기계를 사용하기 때문에 머릿속에 떠오르는 악상을 미친 듯이 오선지에 그리는 아날로그 작업이 아니다. 그래서 이 분야는 엄마가 도움을 줄 수 없어서 준이가 더욱 답답해하였다.

준이는 모르는 것을 알기 위해 미디 설명서를 정말 500번 이상 읽으며 500번 이상 실기를 하면서 결국 스스로 터득하였다. 자기가 좋아하는 일은 끝까지 매달려서 해내는 것을 보면서 엄마조차도 놀랄 때가 많다.

준이의 성장통

...

    엄마는 성장해 가는 준이를 보면서 준이에게 이성 문제가 생기면 어떻게 하나 걱정을 하였다. 가족끼리 TV를 보며 "야, 쟤 이쁘다." 하고 말할 때 엄마는 준이 반응을 살핀다. 하지만 준이는 아무런 반응이 없다.

    "준이도 쟤 이뻐?"

    "안 이뻐요."

    "그럼, 어떤 여자가 이뻐?"

    준이 얘기를 종합해 보면 준이는 이마가 보이는 긴 머리의 여자를 예쁘다고 생각하고 있었지만 그런 여자에게 '참 예뻐'라고 할 뿐, 이성에 크게 관심을 보이지는 않는다. 엄마는 그것이 다행이다 싶으면서도 한편으로는 마음이 아팠다.

    "준이는 언제 결혼할 거야?"

    "준이는 40살에 결혼해요."

    몇 번을 물어도 40살이라고 대답한다. 왜냐고 물으면 대답을 하지 않지만 아마 늦게 간다는 뜻일 것이다. 결혼을 하지 않겠다고 말하는 것보다는 훨씬 마음이 놓였다.

엄마는 준이에게 '준아 안 돼!' 또는 '하지마!' 라며 제재를 하는 일이 많다. 엄마는 준이가 일상생활을 하는데 남들이 싫어하는 행동을 하지 못하게 하는 것이다.

어렸을 때는 하지 말라는 엄마 말에 바로 수정이 되지는 않더라도 반항하지는 않았었는데 청년기에 접어들면서는 제지를 하면 언짢아 하며 엄마와 맞섰다.

준이는 자동차를 탈 때 항상 뒤에 탄다. 운전석 옆좌석이 위험할 것 같아서 뒷좌석에 태웠다. 엄마는 운전을 하면서 룸밀러로 준이의 행동을 살핀다.

"준아, 이어폰 꽂고 듣지 말라고 했지?"

아들의 청력을 걱정하여 엄마는 이어폰 사용을 줄여 주려고 하는데 준이는 그런 잔소리가 못마땅하였다.

"준이 차에서 뛰어내릴 거에요."

엄마는 순간 두려운 생각이 들었다. 준이는 말을 하면 행동으로 옮기기 때문에 정말 달리는 차 문을 열고 밖으로 나갈 것 같았다. 그래서 엄마는 그 순간 아들이 위험해질 것 같아서 아무 말도 하지 못하였다.

아이를 키우다 보면 말을 듣지 않기도 하고 또 성장하면 엄마에게 반항하는 것이 당연한 것이지만, 준이의 경우는 달랐다. 준이는 자기가 위험해지는 것을 모르기 때문에 엄마는 늘 긴장을 해야 한다.

마냥 애기인 줄 알았던 준이가 자기 의사를 분명히 밝히는 것은 성장이라고 위안을 하면서도 엄마의 일상은 점점 고달파진다.

또 하나의 엄마, 여동생

...

준이한테 여동생이 있다. 3살 터울이다. 준이가 자폐증 판정을 받기 전에 임신이 되었다. 만약 그때 임신이 되지 않았더라면 준이 동생을 보지 않았을지도 모른다. 대개 첫째 아이에게 장애가 있으면 둘째를 갖지 않는 부모도 있다. 둘째도 장애를 갖고 태어날까 봐 두렵기도 하고 동생이 없어야 장애아에게 전념할 수 있다고 생각하기 때문이다.

준이 엄마도 그런 생각을 하지 않은 것은 아니지만 이내 생각을 바꾸었다. 부모는 자녀보다 먼저 세상을 떠나야 하는데 부모가 떠난 후 준이를 돌보려면 피붙이가 있어야 한다고 믿고 동생을 보았는데 마침 딸이 태어났다.

어쩌면 가족 가운데 가장 큰 피해를 본 사람은 준이 동생 윤선일지도 모른다. 준이 치료에 매달리느라 젖먹이 갓난아이를 시어머니께 맡길 수밖에 없었다. 부모 사정을 아는지 아기는 아주 순했고 무럭무럭 자라 어느덧 오빠의 든든한 보호자가 되어 주었다.

숟가락질을 겨우 할 때부터 오빠 간식을 먹여 주고 입에 묻은 것을 닦아 주었다. 오빠를 챙겨 줄 뿐만 아니라 누가 오빠에게 뭐라고 하면 동생이 나서서 오빠를 방어해 주었다. 오누이가 같은 초등학교에 다녔는데 동생이 누나인 줄 알 정도로 의젓하였다.

장애인 가정에서 다 경험하는 것이지만 초등학생 딸이 친구들을 집에 초대하게 되었다. 엄마가 조심스럽게 물었다.

"선아! 괜찮아? 오빠 땜에……."

"내가 벌써 다 얘기했어."

엄마는 딸 때문에 가슴이 찡할 때가 많다. 선이는 오빠를 부끄럽게 생각하지 않았다. 오빠의 장애에 대해 미리 얘기하여 모르고 있어서 일어날 수 있는 불상사를 예방하는 지혜를 보였다.

딸은 오빠 때문에 생기는 문제를 정말 잘 해결하였다. 엄마는 일을 해야 해서 집을 비울 때가 많다. 준이를 집에 혼자 둘 수는 없기 때문에 엄마가 없을 때 준이를 돌보는 일은 선이 몫이었다.

"어머, 선아! 너 나가려구?"

"응, 왜?"

"엄마가 급한 볼 일이 생겨서……."

엄마는 딸의 생활도 있는데 늘 집에서 오빠만 보고 있으라고 하는 것이 미안했지만 일을 해야 경제적인 문제를 해결할 수 있기에 어쩔 수 없이 딸을 붙잡을 수밖에 없었다.

"그럼, 내가 오빠를 데리고 나갈게."

"정말 그래도 되겠어?"

준이는 동생과 함께 외출하는 것을 좋아했다. 또래 집단과 어울릴 수 있는 기회가 없었던 준이이기에 함께 있는 것만으로도 흥미로웠다. 준이는 동생 말을 아주 잘 들었다. 준이는 동생과 함께 있을 때는 오빠답게 얌전해야 한다고 생각하였다.

준이 여동생은 준이에게 또 하나의 엄마가 되어 주고 있다. 지금 대학교 4학년인데 아주 심지가 깊다. 준이에게 잔소리를 가장 많이 하는 것도 동생이다.

고기를 좋아하는 준이가 고기를 너무 많이 먹으면 동생이 한소리 한다.

"지방을 그렇게 많이 먹으면 일찍 죽어."

"준아, 우리 일찍 죽더라도 고기 많이 먹자." 엄마는 준이가 좋아하는 고기를 실컷 먹게 한다.

"아무튼 엄마 땜에 안 돼."

엄마는 속으로 생각하였다. 준이가 고기를 많이 먹지 못하게 하는 것이 옳은 것인데 혹시 자기 잠재의식 속에 그런 마음이 있는 것은 아닐까 하는 생각에 몸서리를 친다.

사실 장애인 자녀를 둔 엄마들이 장애 자녀보다 하루만 더 살게 해 달라는 기도를 한다고 하는데 바로 그것이 준이 엄마의 소망이기도 하기 때문이다.

준이가 나이를 먹어 가면서 엄마는 점점 자신이 없어졌다. 지금은 엄마가 운전을 해서 준이를 편하게 데리고 다니지만 나이가 들어 운전을 못하게 되면 준이를 데리고 다니기 힘들 텐데…… 그나마 엄마가 있을 때는 힘들더라도 데리고 다니지만 엄마가 없으면 아무데도 못갈 텐데…….

성인이 된 아들을 언제까지 엄마가 목욕시킬 수가 없어서 혼자서 샤워를 하라고 하면 머리에 비누 거품을 묻히고 나올 때가 많다. 그 모습을 보는 엄마 가슴이 무너진다.

양치를 하는 준이를 쳐다보고 있노라면 준이는 독립적으로 살아가는 것이 불가능하다는 생각을 하게 되어 엄마 심장이 찢어진다.

다른 집은 노후 대책을 부부만 세우면 되지만 장애인 가정은 세 명의 노후 대책이 필요하다. 모아 둔 돈도 없이 어떻게 3명의 노후를 안전하게 보낼 수 있는 방법을 찾는다는 것인가?

최악의 경우 준이가 시설에 보내지는 상상을 하면 둔기로 머리를 맞은 듯이 멍해진다. 딸에게 푸념하듯이 이런 말을 하면 딸은 망설이지 않고 대답한다.

"걱정 마셔. 오빠 시설 안 보내."

"아이고 그게 네 마음대로 되는 줄 아니? 시집가 봐라."

"시집 안 가."

엄마는 오빠 때문에 결혼을 하지 않겠다고 선언한 딸 때문에도 또 마음이 아프다.

한때는 준이의 미래를 위해 보험을 들어야겠다는 생각을 했다. 준이는 위험에 대처하는 능력이 없어서 사고 위험이 크기에 상해보험이 필요하였다. 주위에 보험설계사들이 보험을 강요하기 때문에 준이 보험을 들려고 상담을 받아 본 결과 뜻밖에 장애인은 보험 가입이 안 된다는 사실을 알게 되었다.

장애인복지제도에 대해 잘 몰랐던 엄마는 장애인이라고 그 흔한 보험조차 거부당하는 현실에 분개하여 열을 내며 항변한 적이 있었다. 이제는 법이 바뀌어서 장애인도 보험을 들 수 있게 되었다지만 여전히 상해보험은 제한적이라서 보험은 포기하였다.

일기를 쓰듯 작곡

...

준이가 가장 소중하게 생각하는 것은 작곡 노트이다. 준이는 그리운 사람이 생각나면 그 사람을 생각하며 음악을 만든다. 맛있는 것을 먹고 나서도 그 맛을 음악으로 표현한다. 지나가다가 아름다운 광경을 보고 오면 어김없이 작곡을 한다. 이렇게 해서 작곡한 곡이 400곡이 넘는다. 준이에게 작곡은 일기쓰기이다.

작곡 작품이 짧은 것은 3~4분 짜리이지만 긴 것은 30분 정도가 되기 때문에 호흡이 긴 편인데 작곡을 할 때 그리 시간이 많이 걸리지 않는다. 곡에 정성을 들이지 않아서가 아니라 순간을 포착하는 능력이 뛰어난 것이다. 그 당시의 기분은 즉흥곡으로 만들어서 연주를 하기도 한다.

예를 들어서 TV에 출연하여 피아니스트 양방언 선생님을 만났을 때의 기분을 즉석에서 피아노로 표현하여 사람들을 놀라게 한 적이 있었다. 준이는 느낌을 음악으로 표현하는 것이다.

그래서 곡에 제목을 붙일 때도 아주 솔직하다. '돼지 고기는 참 맛있

드럼 치는 모습

어' 등 있는 그대로의 자기 표현으로 소통을 하고 있다.

준이는 작곡가로서 자존심이 강하다.

"아빠, 들어보세요."

몇 개 곡을 들려주며 소감을 물어본다. 그럼 아빠는 솔직히 대답한다.

'두 번째 것이 더 좋은 것 같애.' 또는 '너무 비슷해.', '재미가 없어', '바꾸면 어떨까?' 라고 평을 해 주면 얼굴 표정이 안 좋아진다. 그러면 엄마가 나서야 한다.

"준아, 아빠는 지금도 좋지만 그 부분을 조금 강하게 표현하면 더 좋겠다는 뜻이야."

엄마는 준이가 자기 작품에 자존심을 갖고 있는 것이 아주 바람직한 일이라고 생각한다. 그래서 아빠와 엄마는 준이 작품에 늘 칭찬을 열심히 하는 편이다.

사찰을 좋아하는 준이

...

    산만한 준이를 안정시켜 주기 위해 엄마는 안 해 본 것이 없다. 등산도 데리고 가고, 수영도 시켜 보고, 마라톤도 해 보고…… 그러다 우연히 안양에 있는 한마음선원 어린이 법회에 참석하게 되었다.

    그런데 신기하게도 법당에 들어가면 준이는 얌전해지는 것이었다. 그때 겨우 5살밖에 안 되었는데 꾸준히 자리를 지키며 앉아 있고, 절도 곧잘 따라하였다.

    물론 처음부터 그랬던 것은 아니다. 법당 안에 들어가기까지 한참 걸렸다. 처음에는 경내에서 뛰어놀게 하였고, 한 발짝, 한 발짝 가까이 다가가게 만들었다.

    절도 한 번부터 시작하여 한 번씩 늘려 가서 108배를 하게 되었다.

    소리에 민감한 준이는 스님의 염불 소리를 좋아하였다. 그래서 준이는 염불을 똑같이 따라한다. 주지 스님은 그런 준이를 무척 예뻐해 주셨다.

"준이 공부 잘 시키세요. 준이 덕 보며 사실 겁니다."

엄마는 스님이 그런 말씀을 하시는 것이 장애에 대해 잘 모르셔서 그저 덕담을 해 주는 것이라 생각했다. 하지만 그 말씀이 준이 진로를 결정할 때마다 얼마나 힘이 되는지 모른다. '스님께서 준이 공부 잘 시키라고 하셨지.' 하면서 준이가 갖고 있는 능력을 더 키워 주게 되었다.

준이는 지금도 절에 다녀오면 작곡을 한다. '둘이 아닌 하나'라는 작품은 스님 법문 중에 불이(不二) 사상을 말씀하신 것을 듣고 작곡한 것이다. 불이 사상은 모든 삼라만상이 전혀 다른 두 가지 성격을 갖고 있는 것처럼 보여서 서로 반목하고 다투지만 사실은 하나라는 것인데 그 말씀에 준이는 깊이 공감하는 듯하였다.
준이의 정신세계는 우리가 생각하는 것보다 훨씬 성숙하다는 것을 알 수 있다.

누가 시키지도 않았는데 준이는 천수경을 모두 작곡하였다. 천수경은 공덕을 기원하는 내용으로 가장 많이 독송되는 불교 경전인데 준이가 천수경을 작곡하여 피아노 반주로 천수경을 판소리 형식으로 부르면 불자들은 너무너무 감동을 하여 눈물을 흘린다. 준이는 천수경이 길기 때문에 10분으로 줄여서 작곡을 한 〈천수경〉으로 공연을 여러 차례 하였다.
준이 공연이 산사 음악회에서 더욱 빛이 나는 것은 바로 이런 불교적

접근을 하였기 때문이다. 준이는 불교를 신앙이라기보다 하나의 정신 세계를 움직이는 철학으로 받아들이고 있어서 그의 음악에 깊이를 더하고 있다.

준이는 백련사에 다녀온 후 그 느낌을 작곡하였는데 제목이 〈부처님 만나 보세〉이다. 이 곡을 들으신 스님께서 아주 훌륭한 찬불가라고 칭찬을 하시며 불교계에 널리 알려진다면 불교계의 장애인에 대한 인식 개선에 큰 도움이 될 것이라고 말씀하셨다.

음반을 내고

...

사실 준이는 음반을 낼 생각을 하지 못하였다. 음반은 대중적인 사랑을 받는 인기 가수나 소장 가치가 있는 음악의 대가들이나 발매할 수 있는 것으로 생각했다. 그런데 2008년에 장애아동청소년 자립기금 장학금을 받게 되어 열심히 공부한 결과물로 음반을 만들어야 했다.

준이 첫 음반의 타이틀은 '흡, 소리에 빠지다'로 붙였다. 음반을 준비하며 준이는 무척 행복해했다. 준이가 잘하는 피아노와 판소리를 모두를 넣었는데 녹음을 할 때 잘 하려고 최선을 다 하는 모습은 그 어느 뮤지션과 다를 바가 없었다. 엄마는 대견해서 칭찬을 해 주자 아주 어른스럽게 대답했다.

"실수하면 안 돼요."

스스로 다짐을 하였다. 준이는 자기가 좋아하는 일을 하면 열심히 하고, 실수도 없고, 행복해 보인다. 녹음 작업을 함께했던 엔지니어 선생님이 녹음이 다 끝나자 환하게 웃으시며 '참 좋네요.'라고 말씀하셨을 때 그 표정을 잊을 수가 없다. 그냥 하시는 칭찬이 아니라 진심이 담겨 있었다. 발달장애인이 녹음한다고 하니까 내심 걱정을 하셨던 듯하다. 그런데 준이는 음악을 할 때는 고도의 집중력과 몰입도를 보이기 때문에 실수가 거의 없다.

얼떨결에 첫 번째 음반을 내고 두 번째 음반은 2013년도 'First Love'로 피아노 작곡 음반을, 세 번째 음반은 '2014 최준 피아노병창'이라는 제목으로 준이의 가장 큰 장기인 피아노병창을 담았다. 이 앨범은 오롯이 준이의 재능과 노력이 담겨 있어서 가장 아끼는 앨범이다.

앨범을 준비하면서 음악의 순서를 정하고, 앨범 표지 사진을 고르고, 타이틀 제목을 정하는 등 모든 과정을 준이가 직접 디렉트하는 모습을 옆에서 지켜보면서 엄마도 알지 못했던 준이에 대해 발견한 것이 많다.

녹음 작업을 할 때 비용 문제로 스튜디오를 하루만 사용할 수밖에 없었다. 피아노병창을 공연할 때는 피아노를 치면서 판소리를 하지만 음반을 녹음할 때는 그렇게 한번에 하지 않고 피아노 연주 따로 판소리 따로 녹음을 해야 했다.

두 번 작업이고 판소리는 두서너 번을 해야 오케이 사인이 나기 때문에 준이가 무척 힘들었을 텐데도 준이는 내색하지 않고 따라주었다. 옆에서 지켜보는 사람들이 더 힘들어할 정도로 강행군을 하였지만 준이는 즐겁게 연주하고 흥겹게 노래를 불러 녹음실 사람들이 칭찬을 많이 해 주었다.

여유만 있다면 준이 컨디션이 좋을 때마다 녹음을 하고 싶었지만 스튜디오 사용료도 문제였고 녹음을 할 때 추임새를 넣어 주는 북과 아쟁 연주자들도 모셔야 해서 할 수 없이 무리한 진행을 해야했다.

교보문고에 갔을 때 음반 코너에 준이 음반이 있는 것을 보고 너무 반가워서 큰 소리로 말했다.

"여기 있네!"

준이도 반가워서 음반을 집어 들었다.

"엄마, 이거 돈 주고 사는 거죠?"

그날 준이는 자기 용돈으로 자기 음반을 구입했다.

음반을 들은 주위 사람들이 준이가 음악적으로 성장하기 위해서는 유명한 편곡자에게 편곡을 부탁하면 음반 판매에 도움이 될 것이라고 조언을 해 주었지만 엄마는 준이가 음반을 내는 것은 돈을 벌기 위해서가 아니라 음악인으로서의 과정이고 준이 음악의 기록이기 때문에 아직은 편곡이란 포장을 하고 싶지 않았다.

계속 작곡을 해서 자기 스타일을 만들어 가는 것이 중요하다는 생각이 들었다.

피아니스트 양방언과 무대에 서다

...

중학교 2학년 때 강북장애인종합복지관에서 발달장애인 음악치료 기금을 마련하기 위한 자선 음악회에 준이가 출연했었다. 레슨을 해 주시던 신민임 선생님과 함께 슈베르트의 즉흥환상곡을 연주하였는데 그 당시는 악보를 볼 줄 몰라서 선생님이 한번 연주를 하면 그것을 듣고 따라서 준이가 연주를 하며 곡을 익혔다. 그때 선생님이 페달을 밟아 주셨다. 준이는 페달을 밟지 않았다. 그만큼 준이는 피아노에 익숙하지 못했지만 연주는 완벽했다.

선생님과 함께 무대에서 피아노 연주를 하는 모습을 보며 음악에 대해 모르는 엄마이지만 준이가 정말 잘 한다는 생각이 들었었다. 뭔가 부족할 것 같았지만 선생님과 호흡이 척척 맞았다. 그 순간만큼은 준이의 장애가 잠시 준이를 떠난 것 같았다.

당시 사람들은 준이가 절대음감을 가졌다고 놀라워했었다. 절대음감은 자폐성 장애의 특성에서 나온 것이다. 똑같이 연주하는 능력을 갖고 있다는 뜻이고 보면 예술인으로서 그다지 큰 자랑은 아니다. 하지만 그때는 그 칭찬이 너무너무 고마웠다.

하지만 준이가 진정한 음악인이 되기 위해서는 절대음감에만 의존해서는 안 된다. 자기 음악을 만들어야 한다. 자기 감정을 음악으로 표현해 낼 수 있어야 하는데 다행히 준이는 모방의 단계를 넘어 창작을 하고 있다.

2014년 SBS-TV '스타킹'에 출연한 덕분에 세계적인 피아니스 양방언 선생님을 만나게 되었다. 준이는 양방언 선생님을 존경하고, 좋아하는 숭배의 대상인데 방송에서 그분을 만나 극찬을 받았고 게다가 선생님 콘서트에 게스트로 초대를 해 주셨다.

준이는 약속은 반드시 지켜지는 것으로 알고 있기 때문에 엄마가 더 초조하였다. 양방언 선생님이 바쁘셔서 혹시라도 잊는다면 낭패이기 때문이다.

준이는 하루에도 몇 번씩 '준이는 양방언 선생님 콘서트에 가요.'라고 확인이라도 하듯이 중얼거리곤 하였다. 그런데 양방언 선생님의 그 약속은 실현되었다.

객석을 가득 채운 콘서트장에서 그것도 꿈에 그리던 세계적인 피아니스트 양방언 선생님과 한 무대에서 공연을 한다는 것은 준이 인생 최대의 행운이었다. 준이가 오프닝 무대를 장식하였다. 준이가 두려움 없이 피아노병창을 선보였고 뜨거운 박수를 받으며 인사를 할 때 양방언 선생님이 나오셔서 준이에 대해 소개해 주셨다.

준이의 음악은 장애가 있다, 없다를 논할 필요가 없다며 준이의 음악성에 대해 설명을 해 주실 때 엄마는 가슴이 뜨거워졌다. 엄마는 준이가

양방언 선생님과 함께

양방언 선생님 스태프들과 함께

음악적으로 인정을 받을 때가 가장 기쁘고 행복하다. 그 마음은 준이도 마찬가지이다.

"엄마, 준이는 피아노병창 잘 해요. 양방언 선생님이 말씀해 주셨어요. 준이는 잘해요."

양 선생님과의 인연은 그 후에도 계속되었다. 엄마는 늘 양 선생님 공연 소식을 체크한다. 그리고 갈 수 있는 여건이 되면 꼭 공연장을 찾는다. 공연을 앞두고 정신 없이 바쁜 와중에도 준이를 보면 반갑게 포옹을 해 주신다. 그리고 아주 다정하게 그동안의 안부를 이것저것 물으시고는 앞으로 어떻게 하라는 조언도 아끼지 않으신다.

진심 가득한 선생님을 보며 저런 모습이 사회 명사가 될 수 있는 자질이라는 생각을 했다. 가끔 뜻밖의 곳에서 공연 부탁이 들어와 우리 준이를 어떻게 알고 전화를 주셨느냐고 물으면 양방언 선생님 소개라고 하여 양 선생님이 우리 준이를 얼마나 사랑하시는지 다시 한 번 깨닫게 된다.

우리 준이 실력을 인정해 주시어 소개를 해 주신 것이기에 감사한 마음으로 한 걸음에 달려가서 선생님께 누가 되지 않도록 최선을 다 한다.

외국인이 좋아하는 국악

...

여의도호텔에서 있었던 세계류마티스학회 행사에 초대를 받았다. 국제 행사여서 외국인들이 많았다. 참석자의 대부분이 의학계에 종사하는 엘리트였다. 만찬 전에 간단한 공연을 했는데 현악사중주 연주와 성악이 이어졌다. 그런데 상당히 어수선하였다.

사실 공연을 그냥 여흥으로 넣는 것은 공연 분위기가 잡히지 않는다. 준이 순서가 되었다. 엄마는 판소리는 관심이 없기 때문에 더 산만할 것이라 생각하고 공연을 너무 쉽게 생각하는 사람들이 야속했다.

무대에 서는 사람들은 출연료를 얼마 주느냐보다는 공연의 가치를 어떻게 생각하고 있느냐가 중요하다. 마이크 상태, 피아노나 전자올겐 위치 등을 체크하려고 하면 그냥 대충하라는 식으로 말할 때는 준이가 불쌍해서 혼자서 가슴을 칠 때가 있다.

엄마와는 달리 준이는 모든 무대에서 최선을 다한다. 그런 조건을 따지는 엄마가 나쁜 사람이 되곤 한다. 그날도 엄마는 어수선한 분위기가 마음에 걸렸지만 준이는 기분 좋게 무대에 올라 〈사랑가〉를 하였다. 그런데 이상한 일이 벌어졌다. 앞좌석부터 조용해지더니 잡음을 다 집어삼켜 버렸다. 준이의 〈사랑가〉에 집중을 하는 것이었다.

그런 분위기를 만든 사람은 외국인들이었다. 그들은 〈사랑가〉에 빨려들어가 다른 소리는 들리지 않는 듯하였다. 사랑가에 이어서 준이는 정가를 했는데 그때는 숙연한 분위기가 되었다. 공연이 끝나자 박수 소리가 그 큰 공간을 진동시켰다.

그날 준이는 최고 공연을 하였다. 관객의 반응이 좋자 준이도 흥이 나서 최고의 기량을 보여 주었다. 엄마는 너무나 감격스러워서 가슴이 벅차올랐다.

준이는 효자

...

준이 엄마는 작은 옷가게를 운영한다. 초창기에는 점원이 있었기 때문에 잠시 가게를 비워도 큰 문제가 없었지만 이제는 엄마 혼자 가게를 봐야 해서 준이와 함께 공연을 갈 때 외에는 하루 종일 가게에 있어야 한다.

준이 지방공연은 반드시 엄마가 동반한다. 아빠는 짧은 시간 봐주는 것은 가능하지만 준이를 전담하는 것은 엄마가 해야 한다. 지방공연을 핑계로 준이와 함께 고속도로를 달리면 막혔던 가슴이 뻥 뚫리는 기분이다.

"우리 준이 덕분에 엄마가 놀러 가네."

"엄마, 우리 공연 가요."

엄마의 해방감을 알 리 없는 준이는 이렇게 바로잡아 주었다. 우리 준이는 정말 모범생 그 자체이다. 준이 앞에서는 팩트만 말해야 하는데 엄마는 모처럼 얻은 자유에 빠져 깜빡 잊었다.

"맞아, 우리 공연 가지."

준이가 공연을 하고 첫 출연료를 받았을 때를 잊을 수가 없다.

고등학교 때였는데 20만 원을 주는 것이었다. 지금부터 18년 전이니까 20만 원의 가치는 상당히 컸다.

준이가 번 돈은 돈이 아니라 훈장이다. 준이는 아무것도 하지 못하는 도움을 받지 않으면 살지 못하는 사회에 부담이 되는 존재가 아니라 잘하는 것이 있고, 그것을 인정받았다는 하나의 증거이다.

엄마는 그 돈을 바로 저금하였다. 그때부터 공연을 하고 받은 출연료는 꼬박꼬박 저금을 한다. 적게 받을 때는 5만 원, 많이 받을 때는 200만 원도 받은 적이 있다.

물론 돈을 받지 않고 공연을 하기도 하고 성당이나 교회에서 공연을 하고 받은 출연료는 기부를 할 때도 많지만 출연료를 많이 받으면 기분이 좋은 것은 사실이다. 우리 준이의 음악적 가치를 그 정도로 평가해 주는 듯한 기분이 들기 때문이다.

공연 섭외 전화는 엄마 담당이다. 소위 준이의 매니저이다. 공연 섭외 전화를 받을 때 출연료가 얼마냐고 물어본 적은 단 한 번도 없었다. 최근 들어 이렇게 묻는 경우가 많다.

"출연료는 어떻게 해 드려야 하나요?"

"불러주신 것도 감사한데 주시는 대로 받아야죠."

"그래도 어느 선이 있을 텐데요."

엄마는 애교스럽게 '많이 주시면 좋지요.' 라고 말한다. 하지만 전화를 끊고 나면 이내 후회한다. 공연히 그런 얘기를 했나 싶어서 얼굴이

피아노병창 최준

최준 피아노병창

E-mail : adwill@korea.com

박재동 화백이 그려 주신 최준 명함

화끈거린다.

그런데 엄마가 이렇게 말하는데는 이유가 있다. 장애인이라고 기념품만 주어도 된다고 생각하는 경우가 있다. 다른 출연자들에게는 고맙다고 머리를 조아리면서 준이가 발달장애인이라고 고마움조차 표하지 않을 때 엄마는 서럽다. 가져다 쓰는 물건 취급을 한다는 생각이 들 때도 있다.

준이를 귀하게 여겨 주면 엄마는 자기 돈을 들여서라도 공연을 알차게 꾸미고 싶다.

그래서 엄마는 전자올겐을 구입했다. 매번 피아노 있느냐 전자올겐 있느냐고 물어보는 것보다 아예 구입을 해서 갖고 다니는 것이 마음 편하기 때문이다.

엄마와 준이의 꿈

...

　엄마는 최준이 명창이 되기를 원하지 않는다. 다만 자기가 좋아하는 활동을 꾸준히 하며 그것으로 스스로 살아갈 수 있는 길이 열리기를 바랄 뿐이다.

　최준과 함께 무대에 올라 아들의 장애를 설명하지 않아도 관객들이 최준의 피아노병창을 감상하고 박수를 치며 TV방송에 나가 지하철 노선을 외우고 어느 지하철 소리인지를 알아맞히는 묘기를 하지 않아도 최준의 음악성을 인정해 주는 사회가 된다면 그때 비로소 최준은 발달장애 소리꾼이 아니라 판소리 최준이 될 수 있을 것이다.

　준이에게 앞으로 뭐가 되고 싶으냐고 물으면 준이는 이렇게 대답한다.

　"준이는 판소리해요. 준이는 피아노해요. 준이는 작곡해요."

　이렇게 하고 싶은 일이 분명하고 또 그 일을 잘 할 수 있는 젊은이도 없을 것이다. 준이는 누가 시키지 않아도 연습을 게을리하지 않는다. 의무적으로 하는 고통스러운 연습이 아니라 정말 좋아서 즐기고 있다.

준이는 정가에 도전하였다. 정가는 우리나라 전통음악이라서 판소리를 하는 사람으로서는 정가에 대한 욕심이 생긴다. 하지만 정가는 배우기도 어렵고 대중적이지 않아서 공연 기회도 없지만 준이의 음색에 정가가 어울린다는 평을 받았다.

피아노병창과는 달리 피아노를 최소화시켜서 청아한 목소리로 정가를 하면 전문가들은 칭찬을 아끼지 않는다.

"준이는 뭐가 되고 싶어요?"

준이 어렸을 때 엄마가 이렇게 물으면 준이는 망설임 없이 대답하였다.

"준이는 선풍기 만드는 사람 되고 싶어요."

준이는 눈에 보이는 모든 선풍기를 만져 봐야 직성이 풀릴 정도로 선풍기를 좋아한다. 여름이 지나고 가을이 지나도록 준이 때문에 선풍기를 넣어 두지 못했다.

준이가 한창 판소리를 배울 때였다. 엄마는 성장해 가는 준이를 보면서 과연 준이가 무엇을 하며 살 수 있을지 고민을 하지 않을 수 없었다. 엄마는 한숨을 내쉬며 "우리 준이는 뭐가 돼야 할까?"라고 혼잣말을 했다.

"준이는 명창이 될 거예요."

엄마는 준이가 명창이 될 거라는 생각을 해서는 안 된다고 생각하고 있었다. 판소리는 언어와 인지 발달에 도움이 되기 때문에 시킨 것이지 준이의 판소리가 국악계에서 인정을 받을 것이라고 생각할 수 없었기 때문이다. 그렇게 말하는 준이가 용감하고 대견스러웠다.

세월이 흘러 성년이 된 준이를 바라보는 엄마 마음은 더욱 답답해진다.

"우리 준이는 무슨 일 하고 싶어?"

"준이는 작곡가가 되고 싶어요."

"어? 작곡가?"

엄마가 생각지도 못했던 작곡가가 되겠다는 준이의 꿈은 가능할 것 같다는 생각이 들었다.

"준이는 왜 작곡가가 되고 싶어요?"

"재밌어요."

준이가 재밌다고 하는 것은 좋아하고 잘할 수 있다는 뜻이다. 준이는 작곡을 느낌으로 하기 때문에 작곡을 쉽게 하는 편이다. 엄마는 작곡이란 느낌만으로 할 수 있는 것이 아니고 작사 즉 글을 보고 그것으로부터 감흥을 받아야 가능하기 때문에 걱정이 되었다. 준이의 느낌은 시각과 청각 그리고 촉각을 통한 것인데 과연 글을 읽고 그것을 해석해서 자기화시킬 수 있을지 의문이었다.

그런데 한 장애인단체에서 시 두 편과 함께 작곡을 해 달라는 청탁을 받았다. 엄마는 준이에게 할 수 있냐고 물어보는 대신 "준아, 하기 싫으면 안 해도 돼."라고 했다.

그런데 준이는 "하기 좋아요."라고 하더니 시를 들고 자기 방으로

공연을 마치고 엄마와 함께

들어갔다. 작곡을 하는데 다른 때와는 달리 시간이 좀 걸리기는 했어도 작곡이 완성되었다.

〈그대 아시나요〉와 〈별〉 두 개 작품인데 엄마 가슴에 뭔가 울림이 생길 정도로 괜찮았다.

그걸 보고 엄마는 준이가 작곡가가 되어도 좋겠다는 생각이 들었다. 일단 본인이 좋아하는 일이어서 엄마는 마음이 놓인다.

준이가 좋아하는 것

...

"돈을 버니까 참 좋아요."

준이가 불쑥 내뱉은 말에 엄마는 자기 귀를 의심하였다.

"준이 돈이 좋아?"

"네, 아주 좋아요."

"돈이 왜 좋을까?"

"내가 사고 싶은 거 살 수 있어서 좋아요."

준이도 사고 싶은 것이 있었던 것이다. 엄마는 준이가 하고 싶어하는 것은 다 해 주었다고 생각하였지만 준이는 엄마를 생각해서 무리하게 사 달라고 하지 않았던 것이다. 준이는 자전거를 사고 싶어했고 여행을 가고 싶다고 하였다.

요즘은 하루 종일 아빠와 시간을 보낸다. 아빠와 산책을 하고, 아빠와 할머니를 찾아뵈러 간다. 할아버지는 오래전에 돌아가셔서 할머니 혼자 사시는데 할머니께 치매가 생겨 가족들에게 "누구슈?"라고 묻는다.

그런데 신기하게 할머니는 치매 속에서도 준이는 알아본다. "아, 우리 준이."라며 반겨 주신다.

할머니는 어떻게 준이를 기억하시는 것일까? 할머니가 준이를 갓난쟁이부터 키우셨기 때문이다. 할머니는 준이 장애에 대해 그 어떤 말씀도 하시지 않았다.

준이 성격이 착한 것은 할머니께서 준이를 귀하게 여기며 키워 주셨기 때문이다. 손자에게 장애가 있다고 한탄을 하시거나 걱정을 하시지 않았다. 마냥 사랑스러워하셨다. 그래서 준이도 할머니를 무척 좋아한다. 할아버지가 돌아가셨을 때도 할아버지를 다시는 만날 수 없다는 사실에 준이는 많이 슬퍼하였다.

만약 할머니가 돌아가신다면 준이 더 많이 슬퍼할 것이다. 준이는 할머니, 할아버지와 감정적으로 애틋한 관계이다.

준이 엄마는 좋은 시부모님 덕분에 준이를 더 잘 키울 수 있었다고 생각한다.

요즘도 맛있는 요리를 해 주며 "엄마 밥 맛있지?"라고 물으면 준이는 어김없이 이렇게 대답한다.

"할머니 밥이 맛있어요."

| 주요 경력 |

2004년 KBS-1TV 국악한마당 판소리 '춘향가'
2005년 신민임 피아노 독주회 피아노 협연(세종문화회관 소극장)
2012년 에이블 아트 콘서트 '우리도 예술인이다'(국회헌정기념관 대강당)
2014년 '여우락 페스티발' 오프닝 무대 초청공연(국립극장/2014. 7. 4~5)
2014년 松雪堂 박송희 명창 88세 축하공연 출연(한국 문화의집 코우스)
2014년 국립중앙박물관 후원음악회 축하공연(국립중앙박물관 으뜸홀)
2015년 유네스코 교육기금마련 양방언 '나눔콘서트' 출연(통영국제음악당)
2015년 KBS-1TV 국악한마당 '피아노병창' 흥보가 중 '화초장' 대목
2016년 제5회 허니데이 2016 사랑 한마당 '피아노병창' 공연(마포아트센터)
2016년 KBS-1TV 국악한마당 '피아노병창' 흥보가 중 '놀보 심술부리는 대목' 외.

| 학력 |

한국예술종합학교 전통예술원 예비학교 수료(판소리)(2009. 2. 21)
중요무형문화재 제5호 판소리 흥보가 수료(2009. 2. 23)
서울문화예술대학교 실용음악과 졸업(2014) 외.

| 수상 |

2005년 제5회 종로 전국청소년국악경연대회 판소리 부문 중등부 우수상
2006년 장애아동청소년 자립지원 장학생(사랑의 공동모금회)
2007년 제7회 인천국악대제전 전국국악경연대회 고등부 판소리 최우수상
2008년 제11회 서편제 보성소리축제 '전국판소리경연대회' 고등부 장려상
2009년 박록주 명창 기념 '제9회 전국국악대전' 판소리 고등부 장려상
2013년 평창 동계스페셜올림픽 세계대회기념 MBC 2013 스페셜 위대한 탄생 대상 외.

| 개인 발표회 |

– 아홉 번째 발표회 | 최준 '피아노병창' | 'HARMONINE'(삼청로146/2016. 4. 29)

– 여덟 번째 발표회 | 최준 '피아노병창' | 소리, 피아노를 만나다
   피아노병창 음반 발매 공연(국립극장 달오름/2014. 11. 5)

– 일곱 번째 발표회 | 최준 '피아노병창' | 2013, 피아노로 판을 만들다
   (나루아트센터/2013. 5. 23)

– 여섯 번째 발표회 | 최준 '피아노병창' | 피아노로 판을 만들다
  (북서울 꿈의 숲/2011. 12. 10)

– 다섯 번째 발표회 | 최준 '판소리 완창' | 박록주제 '興甫歌'
  (상설무대 우리소리/2009. 2. 28)

– 네 번째 발표회 | 최준 'Piano & Pansori' | 흠, 소리에 빠지다
  (서울 남산국악당/2008. 3. 30)

– 세 번째 발표회 | 최준 '피아노 독주, 이중주' | 休 여름, 쉬어가다
  (금호아트홀/2006. 7. 4)

– 두 번째 발표회 | 최준 '판소리 김세종제 춘향가' | 춘향 만나는 봄, 思春期
  (삼청각 예뿌리/2006. 4. 1)

– 첫 번째 발표회 | 최준 '판소리 박초월제 흥보가' | 흥보야, 노~올자!
  (국립국악원 우면당/2003. 4. 12)

| 영화음악 |
단편영화 '무등산 연가'(감독: 이정국) 주제음악 작곡(2014)
단편영화 '짧은하루'(감독: 백종민) 테마음악 작곡(2015)
독립영화 '엄마의 편지'(감독: 이체) 테마음악 작곡(2016)

| 음반 |
피아노병창/Jun Choi 피아노병창 음반 발매(악당이반 2014)
FIRST LOVE/최준 PIANO 음반 발매(BEATBALL 2013. 7)
흠, 소리에 빠지다/최준 Piano &Pansori 음반 발매(제이오엔터테인먼트 2008)

| 방송 |
2012년 1월 20~24일 KBS-1TV 인간극장 방송 '아들아, 너의 세상을 들려 줘'
2014년 5월 24일 SBS-TV '스타킹'
2015년 6월 24일 EBS-TV '다큐프라임' 감각의 제국 3부 '감각의 변주곡, 기억'